작
은
숲
시
선

041

뚝딴지사랑

2024년 7월 29일 제1판 제1쇄 발행

지은이	정진호
펴낸이	강봉구

펴낸곳	도서출판 작은숲
등록번호	제406-2013-000081호
주소	경기도 파주시 와석순환로 307, 1107-101
전화	070-4067-8560
팩스	0505-499-8560
홈페이지	http://www.littleforestpublish.co.kr
이메일	littlef2010@naver.com

ⓒ 정진호

ISBN 979-11-6035-155-2 03810
값은 뒤표지에 있습니다.

작은숲시선　041

정진호 시집

뚱딴지 사랑

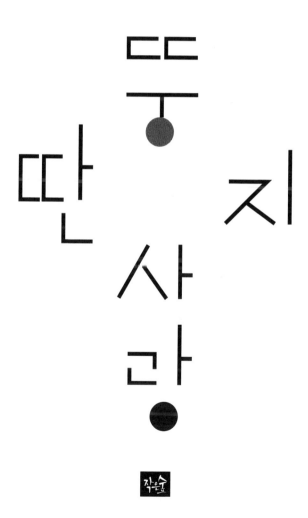

작은숲

3부

1부

뚱딴지 사랑

뚱딴지를 심으세요
꽃 시들고 잎 마르고 나면
뚱딴지를 캐보세요
엉뚱하게 생긴 놈들이
떼거리로 히죽 웃으며 튀어나와요

두둑 옆 고랑도 파보세요
도망가다 들킨 것처럼 멋쩍게 웃는 놈들
오골오골 나와요

이른 봄 그 자리 갈아엎으면
한 자 두께 땅속 박혀 있다가
눈부신 듯 찡그린 웃음 머금은 놈들
하얗게 나와요
구름 위에 숨어 있던 씨앗
빗줄기 따라 아무도 모르게 내려와 싹을 틔워요

한 번 심으면 죽을 때까지 웃으며 달려들어요

당신은 뚱딴지 캐다가
사랑이 뭔지 미움이 뭔지도 모르고 죽을 거예요
엉뚱해서 뚱딴지
돼지나 먹으라고 돼지감자
돼지만 아는 뚱딴지 사랑
사랑이 사랑인 줄 알면 지겹다는 당신과
나는 절대 모르는 뚱딴지 사랑

참!

방 두 칸 오두막집
손바닥 텃밭
감 석류 앵두 살구 대추 자두 복숭아
욕심이 많은가요?
매화나무도 심어야지요

상추 몇 잎
가지 몇 개
풋고추 네댓 개
오이 한 개
여름 나고요

된장 청국장 멸치만 넣고
쌀밥 한 그릇
겨울나고요

나들이옷 한 벌
일할 때 입을 옷 한 벌
장화 한 켤레
운동화 한 켤레
구두 한 켤레
욕심이 너무 많네요
그래도 빤쓰 난닝구는 두 벌
참! 양말도 몇 켤레

숨도 못 쉬겠네 그 꿈

살아야지

누가 흐드러진 금낭화를 한 삽 떠 주기에
화분에 옮겨 심었더니
따가운 햇볕에 축 늘어져 몸살 하다가
몇 번의 빗줄기와
몇 번의 물 주기에
고개 쳐들고 안간힘 써
딱 새끼손톱만 한 꽃을 피웠다

그렇지
여름 지나면서 똥에 섞여
모래밭 으슥한 곳에 떨어져도
찬바람 불기 전 열심히 싹 틔우고 꽃 피워
조막만 한 개똥수박 개똥참외 매다는 거
그게 사는 거지
살아야지, 그렇게

핑계 대지 말고
시간 탓하지 말고
손톱 같은 꽃도 피우고
여물다 만 씨앗이라도 남겨야
눈바람 부는 겨울
따스한 봄꿈 꿀 수 있지

나무의 발

한곳에 오래 서 있다 보면
동방삭의 나이만큼
오래 서 있다 보면
발이 땅에 뿌리를 내릴지도 몰라

나무의 발은 한곳에 오래
아주 오래 서 있는 까닭에
땅에 박히는 거야
땅에 박히는 것들은 흔들리지 않아

상수리는 수백 년
동그란 다람쥐 밥을
수천 개 눈처럼 내려주지
생각이 늘 같아
생각이 자꾸 바뀌면 열매가 없어

나무의 발이
내 발보다
너무 폼 나

냉이의 유전자

먹을 수 있는 것과
먹지 못하는 것을 어찌 알았을까
나물이 겨우내 굶주린 인간들을 위해서
싹을 틔운 건 아닌데

달착지근한 냉이
알싸하게 입맛 살리는 달래
쌉쌀한 머위

먹히지 않기 위한 독 하나쯤은 품었을 터
처음 눈을 헤치고 나온 풀 뜯어 먹고
몇 명쯤은 죽었을 테고
살아남은 자들은
면역이라는 지도를 몸에 새겼겠지
오랜 진화의 시간
이젠 찾아 먹기만 하면 되지

이렇게 하면 아니 되고
저렇게 살면 된다는
냉이 같고
달래 같고
머위 같은
인간의 유전자 하나 남기고 싶은 저녁

봄꿈

벌개미취 한 줌에
개구리 짝짓는 울음소리 담고
쑥부쟁이 두어 주먹과
산비둘기 울음 구구국 얹어 두고
지친 몸 구겨 앉아
담배 한 개비 물어 본다

황사인지 미세먼지인지
종잡을 수 없는 세상
그러나 문득 가슴 가득
새파란 꿈이 밀고 올라온다
어색한 옷 벗어 던지고
풀 가득한 봄 빈 들에서 꾸는 꿈
잠깐 눈 감았다 흔한 고라니로 눈 뜰까

나물 바구니 옆에서 졸며 꾸는 꿈

어린 날 탱자나무 울타리 집
가시 꺾어 이쑤시개로 쓰기도 하고
물고동 속살 빼먹을 때도 요긴하고
탱자 향에 코 벌름거리는 것도 괜찮았지
그 집 가시 많은 탱자나무
하얀 꽃이 참 예뻤다

상추 씨앗

상추 씨앗을 포트에 넣는다
손가락으로 아무리 적게 집어도
대여섯 알은 넘게 집혀서 떨어진다

잎이 두어 장 나오면
더 크기 전에 솎아주는데
뽀독뽀독 소리 내며
뿌리 뽑혀 올라올 때마다
가슴이 저밋거린다

내년엔 집게로 집어넣어 볼까
딱 두 알씩만 집히는
집게는 어디 없을까?

달래꽃을 만나

너를 처음 본 순간
봄 내음 물씬 풍겨서
귀한 보배 같았지

몇 뿌리 심어 두고
꽃대 올라오길 기다렸더니
풀숲에 숨어서 홀로 피우고
씨 떨어뜨렸을 그 꽃이
바로 이 꽃이었구나

김 몇 장 구워서
간장에 송송 썰어 넣은 달래
건더기를 올려 한 입 먹으면
뼛속까지 상큼한 향이 황홀하여
늘 뿌리째 캐어 먹기만 했는데

어찌 이리도 예쁜지

몸 시들어가며 들어올린
가느다란 꽃대 끝에
좁쌀 같은 열매와
문득 고개 내민
꽃 한 송이

댕댕이나무를 심었다

아들이 구덩이를 잘 파줘서
댕댕이나무 서른네 그루를 심었다
서른 그루는 샀고 네 그루는 덤이다
절로절로 힘이 난다
간절한 마음으로 뿌리에 흙을 덮는다
혼자 일할 때는
어서 빨리 일을 마쳐야 한다는
절박함뿐이었는데
아들과 둘이 하니
아직 서늘한 초봄 공기가
등을 쓰다듬는다
거, 참 따습게도

봄 주정酒酊

맨 가지에 꽃 피우는 매화 산수유
뒤질세라 뒷동산 진달래
숨 가쁘게 불붙는
살구 복숭아 앵두
아차, 고갯마루 개나리
질투로 볼 부어터지는 목련
그만 얘기하라고
환장에 목 타는데

꽃 그림자 밑에서
살 속까지 파고드는 향기 안주 삼아
막걸리나 무진장 들이켜세

나 취해 쓰러진 곳
꽃 요람일세
잠이나 들거든 꽃잎으로 덮어 주게

26

고라니 우는 밤

쓰디쓴 소주 안주로
다디단 사탕은 별로야
짜디짠 소금 몇 알이면
소주가 달콤해지거든
그러니까 소주는 소금과 입을 맞출 수 있지

단것만 찾으면
세상의 단맛이 다 사라져
노동의 짭조름한 땀방울이 입술에 닿을 때
그게 그렇게 달지

고라니는 밤에도
우웩우웩 짝짓기를 하네
추운 밤 땀방울이 그리운 게야
내 몸은 차갑게 식어서
일인용 온수 매트 위에 눕혀야겠다
땀이나 날런지

씀바귀꽃

검붉은 장미는 두렵도록
꽃 같네
구석만 골라 제멋대로 피는
씀바귀는 씀바귀꽃이 아니고
그냥 씀바귀네

해슬이는 나한테
샘, 오늘은 옷을 입고 오셨네요?
언제는 벗고 다녔었니?
아니요, 멋있어요
회색 면바지와 자줏빛 체크
남방이 멋있어요
생활한복은 옷이 아니네

꽃도 꽃이 아닌 세상에서
씀바귀가 하늘하늘

옷도 아닌 옷을 입고
그렇지만 꽃인 꽃을 보며 사네
마음 흔들리며 사네

해와 아이들

구름 낀 날, 해가 떴을까? 물으면
열에 일곱은, 아니요!
날은 밝지만 해가 보이지 않으니
아이들은 아니라고 한다
해는 보여야 뜬 것이다
그 눈이 더 정직하다
아이들은 보이는 대로 보고 산다
참 좋다

죄 많은 날

속살 다 보여주던 산이
무화과 잎 뒤로 선다
숨길 것이 있나 보다

신은 조물에 크나큰 실수를 한 게야
눈이 밝아지는 열매를
선과 악을 나누는 죄를 심어 두다니

나는 늘 옷을 입고 있으니
죄가림만 하고 사는 거지
마음이 천 근이다
취한 채로 몸 가누지 못하고 스러져간다

봄 저무는 날
죄 많은 날

걷는 것은

나에 대한 이해이고 용서이고
나를 받아들이겠다는 다짐이다
다시 일어서서 걷는 것은
올라오는 싹을 피해 조심히
걸음을 잇는 것은
날거나 기는 생명들에게
나를 보이는 것이다
전학 오는 아이같이
잘 부탁한다고 고개를 숙이는 것이다
오직 걷겠다고
걸어 보려 한다고

종태와 닭

검찰 소환을 앞둔 종태는
종일 피아노 건반 두드리며 노래를 부르다
나와서 닭장 바라보다 담배를 피우다 한다
안절부절못하는 게 보인다

매끼 모이 꼭꼭 챙겨 주던 종태가
여러 날 안 올지도 모른다는 것을
닭들은 몸으로 알겠지
울음소리가 다른데

닭장 청소도 물을 뿌려가며 하는 종태는
달라도 한참 다른 바깥 사회가 얼마나 버거웠을까
그가 이 골짜기에 격리되었을 때
천 마리의 닭들이 곁을 지켰다

완두콩, 토마토, 오이 지줏대로 쓰려고

아래 밭에서 쪄 온 대나무 곁가지를 쳐내며
친구와 나는 두런거린다
잘 되겠지
응 잘 버티겠지

2부

오디 똥

새들만 오디 똥을 싸는 줄 알았지
밥 먹고 텃밭 가꾸다 쉴 참이면
오디나무 아래서 엄지손가락만 한 오디를 따먹지
투툭툭 떨어져도 아까워하지도 않고
여전히 가지가 안 보이도록
매달린 오디를 따먹다 따먹다
배불러서 돌아서면
입술이랑 이가 오디 색이 되어 웃지
오디 천지인 이 마을에서
나도 매일 오디 똥을 싼다

새는

새가 너무 이뻐
그 소리도 좋고
날개나 깃털의 색깔도 좋아
내가 새에게 해 줄 수 있는 것은
배추나 상추나 온갖 푸성귀를 기르면서
갉아먹는 애벌레를
죽이지 않는 것뿐
하루 한 끼만 먹어도 살 수 있어
벌레의 입에 들어가는 게
그리도 아까워?

열어 놓고 살고 싶다

팬티 꺼내고 서랍 닫지 않는다고 구박
옷 갈아입고 장롱문 열어 놓아 구박
닫지 않고 살던 세상이
내 유전자에 전사되어
차 창문도 열어 놓을 때가 많다

보건실 문을 잠가 놓으라고
잔소리하는 교감도 싫었다
아프다고 수업 빠지는 놈
보호자로 따라오는 서너 놈
사랑방 되는 보건실이 숨통인데
보건실이 그런 놈들 아지트라고
인상 찌푸리던 이들

나는 문과 서랍을 잘 닫지 못한다
닫지 않고 싶다
풀밭 어디쯤에서 볼일 볼 때

비둘기나 개구리나 소쩍새나
키득거리며 내 엉덩이 훔쳐보더라도
발가벗고 살고 싶다
몸뚱이 하나라도 열어 놓고

댕댕이나무 혹은 하니베리

심은 지 두 해 지나
겨우 한 바가지 남짓
그래도 심어서 딴 게 어디냐
달포 지나 이삭줍기하듯
남은 열매 한 줌 챙기고
여남은 알 먹어 보니 단맛이 더하다

추운 지방 어디라던데
풀밭에 쪼그려 앉아 그의 고향을 생각한다
이 모진 더위를 상상이나 했을까
비행기까지 태워
니그로 끌고 오듯 끌어다 주저앉힌 이국땅
수억 년의 유전자 속 스치는 바람결에
소문이라도 들어봤을까

눈에 좋은 걸로 치면

진흙탕이건 바위틈이건 신나게 자라는
뽕만 한 것도 없으련만
블루베리 아로니아베리 아사이베리 하니베리
이름이 꽤 세련되어 보이니
눈도 세련되게 좋아지려나

민초는 지천이라 연구비도 안 나오니
먼 나라 나무들 데려다
안토시아닌이 어떻고 오메가 쓰리가 어떻고

겨우 밥이나 먹고 살 만한 호주머니들 터느라
법석 떠는 동안 뽕은 시커멓게
도로를 뒹굴다 떠내려간다
베리베리 검은 빗물이 흐른다

불개미 집

작두콩만 한 풍뎅이가 죽었습니다
개미들에겐 너무 거대해서
아예 그 밑에다가 집을 짓습니다
겨우내 실컷 뜯어먹을 넉넉한 먹이가 되겠지요
풍뎅이는 불개미 집의 지붕이 되고 먹이가 되고
수백 마리 불개미로 다시 태어납니다
나는 누구의 지붕이 될까요
어느 생명의 생명이 될까요

비는 오는데

나무는 물을 빨아올리지 못하면 죽는 것
생명을 유지하던 햇빛의 광합성도
푸른 잎을 말라비틀어지게 하는 데 쓰이는 것

버섯 속으로 벌레 달려들어
구멍 뚫고 집을 짓는 것
벌레를 쪼아 대는 새의 부리에
나무의 몸이 부서져 내리는 것

내 입에 내 손으로 밥을 떠 넣지 않으면
나도 말라 죽는 것
흙이 되는 것
가장 사랑하는 사람의 흙과
제일 미워하는 사람의 흙과
바람 불면 섞여 날리는 것

나는 그 바람의 숨을 쉬고
살고 있는 것

고라니처럼 울다

키만큼 자란 망초, 띠풀 사이
좁다란 길 나 있고
고라니 몸 냄새 가까운 곳에 누운 잡초더미
한여름 더위 식히며
은밀한 사랑이라도 나누었을까
토실한 새끼를 꿈꾸었을까

예초기 날 무지막지 쓸고 지나가면
냄새조차 사라지고
뒷산 숲에서 가슴 떨며
지켜보는 고라니의 눈

불도저 들이대고
크레인 철근 뽑아 세워 만든 아파트
가난은 반지하로 내몰리고
70평 스카이타운

벤츠 으스대는 디엔에이가
틀림없이 내게도 박혀 있다

초근목피 한몸 건사하기로만 하면
고라니와의 동거도 행복할 텐데
블루베리 사과 앵두 배 살구 감 대추 석류 매실
허접한 욕망은 고라니와 같이 죽자 한다

고시레 성황당 정한수는
하늘에 비는 게 아니고
들짐승 풀벌레 자리 빼앗아
죄스런 마음이라는 그이들 모두 잊히고
기계 소리만 천지

힘에 부치는 예초기 돌리다
나는 지금 무엇을 하고 있는지

알 수 없어 떨리는 마음
고라니처럼 울고 싶다

한국시티은행

한국시티은행입니다
고객님은 연리 3.7퍼센트에
오천만 원까지 이용 가능하십니다
상담 신청은 1번, 수신 거부는 9번을 눌러 주세요

1번을 눌러볼까
오늘 걸려 온 딱 한 통의 전화
목소리가 곱더라

담배 한 개비 물고
농막 밖에 나서니
청설모 한 마리
갸웃갸웃 쳐다보다
담장 구멍 밑으로 달아난다

비와 동심

비가 오는지 모른다
비좁은 놀이터에 덩그러니
처량하게 젖는 그네와 친구가 되어
온기를 주고 있다
빗물에 뭉쳐진 거위 털 재킷쯤이야
세탁기 수십 분 돌고 나면
에미도 아들의 따스한 온기에
슬며시 미소 짓고 말 일이다
동심은 비와 친하지 않다
비에 아랑곳하지 않을 뿐이다

오른손 왼손

새벽에 사진 같은 안개를 보고
안개를 찍었네 나도 안개가 되는 꿈을 꾸었네

너는 찍사야
작가와 찍사 커 차이가 커
작가가 찍은 사진을 보면
그가 찍은 것을 단방에 알 수 있고
찍사는 건전해
누가 찍은 사진인지 모를 만큼 흔해빠졌어

담벼락에도 얼굴이 있다는데
난 그냥 다무락이니
영락없는 찍사네

근디 노랑 피아노 학원 말이요
맨날 오른손 왼손 오른손 왼손

똑같이 두드리는 건반
그래도 노랑 피아노 학원 다니다가
음대 가는 놈 가끔 나옵디다
차이코프스키 피아노 경연에서
딱 대상 먹은 녀석
방송사 인터뷰에서
노랑 피아노 얘기도 하더라고요

잃어버린 집

내가 걸을 수 없을 때
나를 이부자리로 데려다줄 사람
이리로 와주세요
집에 가고 싶어요

쪼그려 앉아서
개미집도 살펴보고
개미에 끌려가는 지렁이도 보고

내 몸을 들어 옮기려고 모여드는 개미들
이쪽으로 당기는 놈
저쪽으로 끌어가는 놈
그래도 결국 찾아가는 저희의 구멍

머리카락이랑 손가락이랑 발가락을
맡기고 개미에게 이리저리 끌려다니면

얼마나 재미있을까요?
개미네 집 거기 데려다주시면
개미 등에 누워
깔깔 웃는 별들과 눈을 맞추렵니다

망초 흔들리는 저녁

나이 든다는 것은
잇몸이 헐고 이가 빠지는 것
천둥 같은 힘은 사그라지고
걸음이 흔들거리는 것
살붙이 하나둘 보내고
홀로 남는 것

사랑을 잃고 울던 날도
그저 그런 날이 되고
부모보다 좋았던 친구들 얼굴도
하나둘씩 사라지는 것

그렇게
흙이 되고
바람이 되고
비가 되고

더러는
꽃이 되기도 한다는 것

뜨거운 술

비는 뜨거운 술이다
입술을 태우고
목구멍을 달구고
배를 따뜻하게 한다
차가운 빗방울이 대지로 스며들면
만물이 뜨거운 몸으로 달아오른다
달아올라야 큰다
미쳐야 생산이 된다
나도 미치고 너도 날뛰면
새 세상이 열린다
비가 오는 날은
뜨거운 술을 마시고
홀로 뜨거워진다

터복골의 밤

산은 검게 변하고 하늘은 희뿌옇다
풍경이 어둠 속으로 사라지면
불 켜진 여섯 평짜리 컨테이너 농막은
개구리의 표적이 된다
나는 밖을 볼 수도 없고
개구리도 찾을 수 없다
어스름해진 형광등 불빛을
개구리들이 일제히 쳐다본다

울고 싶은 얼굴을
물끄러미 바라보고 있다가
문득 생각난 듯
왜, 왜, 왜, 왜, 왜
소리 지르며 대답하라지만

나는 내가 이곳에 있는 이유를 잘 모른다

다만 밀물에 밀려서 모래톱 끝으로 일어나는
회색 거품처럼 가볍게 살았다는 생각만 맴돈다

거품은 수십억 년 동안
생명을 잉태하는 꿈을 꾸었고
기어이 씨앗을 만들어 냈지만
내 가벼운 거품은 불임의 씨앗으로
땅속에서 썩어갈 것이다

지치지도 않는 산개구리들은
입을 모아 묻는다
집이 어디냐고

목마름

배배 꼬인다
돌덩이처럼 굳은 땅에서
물 한 방울 빨아올리지 못해
옥수수 잎이 대롱같이 말려들어 간다
살아 흔들거리는 것은 개망초뿐
벌써 훌쩍 컸을 칠성초도
바닥에 고꾸라져 있다

늘 꾸던 꿈조차
마른 먼지로 날아서 흩어지고
달구어진 온 돌밭 아랫목 열기가
아직 이른 여름을 비웃듯이 훅 올라온다

물로는 멸망시키지 않겠다던
약속의 의미는 화형이었나
빗방울 떨어지면 치지직 끓어

수증기로 되올라갈 것 같다
두려운 기운이
개망초 향기조차 고개 떨구게 하는
심판의 시간

3부

기특한 소쩍새

솥이 적다고 우는 걸까요
솥을 걸었다고 우는 걸까요
언제 그렇게 할 일을 다 한 걸까요?
쑥부쟁이처럼 마른 땅을 기어서
둥지를 틀고 싶습니다
새들의 둥지는
아름다워서 질투가 납니다
누가 보금자리를 이렇게 예쁘게 만들 수 있을까요?

순리

죽은 매미 한 마리가
마당에 벌러덩 누워 있습니다
한철 신나게 울고
제 짝을 찾아 알까지 다 낳은 모양입니다
세상이 끝날 듯이
때아닌 기후에 절망도 하였으나
자연은 아직 일을 하나 봅니다
초가을 고추잠자리의 비행이 어지러워지면
어디선가 꽃무릇도 붉어지겠지요
벼 이삭 패는 냄새가 들판을 굽고
목덜미와 옷소매가 서늘해지면
겨울의 파발이 먼 데서 달려오겠지요
올해도 마음 변치 않고
가고 오는 계절이 뭉클 고맙습니다

산개구리와

해지는 것을 처음 아는 놈은 산개구리다
풀밭에 지천으로 숨은 벌레 배불리 먹는 놈들이라
소리도 우렁차다
먹이 노리는 자세의 저 근엄한 아우라!

철 바뀌며 참매미 소리가 하루를 마감하고
찌르레기 소리 퍼지면
풀잎에 이슬 맺히는 시계가 돌아간다
찬 서리 내려 사방이 고요해지니
이제 다리 뻗고 눕겠네
눈 이불 뒤집어쓰고
나도 두어 달 겨울잠을 잘 수 있겠네

돼지감자도 아네

다산의 상징이랬지
묵직한 어미돼지 옆으로 눕고
열두 마리 새끼들
젖꼭지 빠는 꽤 괜찮은 이발소 그림

한 놈 쇠스랑 끝에 걸리면
소풍 나온 가족마냥
젖 빠는 돼지 새끼들마냥
서너 개 또는 운 좋게 네댓 개
같이 딸려 나오지

어긋난 돼지 뒷발톱 같다나?
줄기와는 터무니없이 동떨어진 곳
큼지막한 놈 두엇
감자나 고구마 캐는 것과는
다른 쇠스랑질

오십 센티미터도 넘게 깊숙이
고뇌하는 놈 마냥 처박혀 있어

어느 날 한 번쯤은
둥글게 모여서 떠들고 싶고
어느 날은 두엇 친구와
멀리 소풍이나 가고 싶고
어느 날은 전화기도 꺼놓고
잠적하고 싶고

인생을 일 년만 사는
돼지감자도 다 아네

단풍과 나

전화를 하면 모두 약속 있다 바쁘다 하네
비바람에 떨어진 낙엽을 보면서도
내년을 기약하는 건 사람이기 때문이네
소매에 붙은 단풍 한 잎이
오직 가을이네
찬바람에 콧등 빨개진
단풍과 나

끼니

묵은지 쓱쓱 썰어 넣고
다시마 몇 조각
다진 마늘도 추가하고
고추장 반 숟갈 된장 반 숟갈
굵은 멸치 얹어서 푹푹 끓이다
식은 밥 한 덩이 섞어
걸쭉하게 끓인 죽

화요일이나 목요일
일요일 점심도 좋고
월요일도 수요일도 괜찮고
밥 한 끼 같이 먹을 친구 있으면

숟가락 들고 말도 하겠지
냉장고를 열었다 닫았다
반찬도 신나게 꺼내고

취한 달

어라
불콰한 얼굴로
미안한 듯 보름달 올라오네
어디서 낮술이라도 한잔 걸쳤나
산자락도 새소리 벌레 소리 거두어들이고
다리를 뻗으며 긴 숨 내쉬는데
오늘은 누굴 만나 기분 좋게 취하셨나
잇속 드러나게 웃어 보시게나
나도 껄껄 취해 가는 중이라네

군락

갈대는 군락을 이루고 산다
참나무 비좁은 틈으로 부는 바람도
서로의 몸을 비비고
몸집보다 백 배 큰 먹이를
각자 제 방향으로 물어 당기는 개미들도
끝내는 한 굴에서 득시글거린다
벌떼는 적어도 몇만 마리가
사는 것처럼 살며
침 끝에 묻혀 온 꿀을
산더미처럼 쌓아 놓고
가족질 한다

인간은 세 뼘 엘리베이터에서
옷깃이 맞닿아도 타인이다

TV를 밥상머리에 모시고

혼자 밥 먹고
혼자 잠들고
혼자 일어나고
혼자 일한다

혼자인 것들의 군락
관계는, 관계는 참 슬픈 거다

깔약

사과가 익기 시작해서
그늘지는 가지도 쳐내야 하고
잎사귀도 따내야 하는데 일손이 없단다
혼자 일하며 속 타는 심정을 익히 아는 터라
궁뎅이 뭉싯대다가 길을 나섰다

수천 평 너른 사과밭
적당히 눙칠 수도 없는 게 농삿일이라
수백 번 사다리와 땅을 오가며
사과 잎을 솎는다

점심 먹고 쉬는 참에
일하는 아주머니와 친구 녀석의 대화가
제법 전문적인 듯한데
유독 깔약이라는 말이 궁금하여
뭐랴?

사과 때깔 나게 해서 빨리 수확하는 약
그것은 절대 쓰지 않는다며
쇠비름 효소까지 가져와서 신난다

더럭 겁이 난다
벼라별 약들도 다 있구나
그냥 먹는 사과가 무서워진다
깔약뿐이랴

드높은 숫자들

하나둘 여섯 일곱
그렇게 숫자를 알아야
나는 집에 들어간다

샵 별 0710 0698 샵을
잊지 않아야 엘리베이터를 탈 수 있다

열려라 참깨!
말로 하면 되는데
매번 취해서 한두 번은 헷갈리는 숫자들
어느 날 그 숫자 중에서
하나만 잊어도
되돌아갈 수 없는 집

브레이크

모든 달리는 것들은 브레이크가 있지
멈추어야 할 때가 있거든
때를 놓치면 다 망가져

말을 달리는 몽골 소년의 꿈을 꾸었지
굽이진 능선을 넘어 보이지 않는 곳까지
되돌아올 수 없는 곳까지 달려가곤 했지

나이를 잊은 소년
말 위에서 머뭇거리는
내리지도 달리지도 못하는
늙은 소년 하나

아내가 사 온 포도주

술꾼 마누라는 술을 제일 싫어하는데
여행이나 외출 후 귀가 때
술을 꼭 챙겨온다
태국 갔다 온 게 미안한지
16만 원이나 하는 포도주를 사왔다
술꾼은 병뚜껑 따는 순간
빈 병으로 남겨야 매너인데
이렇게 술로 잃어버린 시간이 싫다고
친한 친구한테 어제 넋두리한 터라
16만 원짜리면 마지막 술이어도 좋을 듯하여
이젠 끊는다고 다짐한다

하혈도 심하고
술로 잠을 청하는 것도 이제 안 되고
난 빚진 사람이 너무 많은데
몇 년은 빚 갚아야지

살아야 한다
살아 있는 게 빚 갚는 거다

명절 대목장

순천 아랫장 구석구석을 돈다
대목장답게 시끌벅적한 발길에 덮여
땅바닥이 보이질 않는다
어머니의 뒷모습이 번개처럼 보이곤 한다
아따! 요거시 황토밭 무시그마잉?
이천 언어치 올려보씨요
니 개여!
워메 짜잘하그마, 니 개가 머시다요 두 개 더 언져주씨
요잉
워메 뭐 묵고 산다요
비닐봉지에 담는 순간 날쌔게 하나 더 얹는다
딱 울 어머니 특기
농사짓는 이를 생각하면
매운 무맛같이 속이 아려오지만
어머니를 한 번 흉내내 보고 싶은 설 대목장

인심을 훔치다

다듬기 바쁘게 팔려나가는 노지 시금치
달큰해 봬서 손님이 줄 선다
철푸덕 주저앉아
주인 내외 사이에서 시금치를 다듬는다

황토밭에 심은 것 같소잉
그라지라, 상사 황토밭이어라
겁나게 맛나것소잉
그랑께, 찾는 사람이 많어라

다듬은 시금치가 민 원 어림은 되겠다
씨익 웃으며 봉투에 담고 오천 원 내민다
많이 포씨요 잉

겨울을 건널 때

가을 장미는 쓸쓸해졌다
꽃을 놓아야 할 때가 왔다
꽃은 추우면 아플 거다

뜨거운 여름을 씨앗 속에 단단히 여미고
겨울을 건너야 한다

웅크려야 할 때가 있다
눈 감고 죽은 듯이

어린 싹이
언 땅을 들어올릴 때까지

곶감꽃

청산 그곳에는
집집마다 감나무가
한두 그루씩은 있습니다

둘러앉아 곶감 깎는 손길이랑
늦가을 감 속살의 아련한 향기

가지런히 매달린 곶감들은
다시 추운 겨울밤 식구들 입가에
다디단 꽃으로 송이송이 피어날 겝니다

뜰 넓어 쌀도 넉넉한
청산 그곳은

추운 겨울 문 닫고 들어앉아
두런두런 이야기할 겨울을 위해
감나무를 심었나 봅니다

4부

나는 나대로 산다

나는 그다지 차별을 하지 않고 살아왔다
다만 좋은 것은 좋다고 얘기하고
싫은 것은 싫다고 말하며
살고 싶다는 생각은 많이 했지만
그 말조차도 실은 별로 하지 못했다

빈 들에 서 있으면
새나 벌레나 바람이나 구름이
말을 하지 말라 한다
하나 안 하나 다를 것 없다고
그렇게 제 길이나 걸어가면
죽어 없어지더라도
그 사람 그런대로 괜찮았다고 하더라고

나는 나대로 산다
나대로 밭을 사랑하고

나대로 새를 생각하고
풀밭을 걸어간다
빈 들에 새소리만 들려도 좋더라

두유 한 갑

삼시 세끼 밥상이건
명절 떡 벌어지는 상차림이건
식구들과 같이 숟가락 놓으시는 걸 보지 못했다

밥상 아래 국그릇에 푼 밥
반찬 한 가지
그나마 이것저것 챙기러
어느새 상머리를 떠나시곤 했다
가만히 계시면서 끝까지 식사하시자고
소리를 버럭 지른 막내쯤이야

모든 기억 내려놓으시더니
평생 처음이실 게다
두유 한 갑을 십 분도 넘게 드신다

후루룩 물 말아 밥 넘기시던 분이

아무리 고민을 해 봐도
당신이 거기 누워계시는 이유를 알 수 없고
아무리 기다려도 그 까닭을 얘기해 줄 가족도 없거니와
평생 모시던 남편도 어디 있는지 모르는데
여전히 김장하고 메주 쑤고
날 풀리면 장 담그는 고민을 한다

슬퍼도 슬픈 이유를 모르겠고
부끄러워도 부끄러운 이유를 모르겠고
다만 몇 개월 만에 낯 세우러 찾아온
당신의 자랑스런 선생 아들이 사다 준 두유
천천히 씹어 드신다

터복골에서

미적미적 떠나길 머뭇거리던 늦가을이
겨울 눈과 만나고 말았습니다

눈 녹은 물에 젖은 단풍잎
마른 가지에 달라붙은 물방울들
그 물방울 속에 갇힌
머나먼 풍경들

투명하게 움츠리는 계절로
빠져들어 가는 시간

두 개의 계절은
어떻게 이별할까요

관계

물방울로 내려앉았다가
해 뜨면 사라져도 좋겠습니다

이해를 요구하지 않는
나비와 꽃이
청설모와 잣나무가

당신과 내가

엄동의 꽃

섭씨 영하 9도
풀들은 모두 얼어 죽었네
주산 농업고등학교에서 다육이 두 포기 얻었는데
심기 귀찮아 텃밭 어귀에
툭 던져 놓았더니
엄동설한에 꽃까지 피워 올렸네
땅에 던져 둔 것도 미안한데
보란 듯 제 할 일 하는 놈들
너는 뭐 하고 사는 거야
핀잔하나 보네

빈 마음

가지에서 떨어지기 직전까지
물방울은 애타게 풍경을 품지
곧 사라지고 말 것이
색도 모양도 없는 것이
온갖 색과 모양을 품지

겨울, 터복골

꽃 지고 잎도 지고
회색 마른 가지
눈 내리자
흰 꽃 소복하네
재주도 좋지
눈 녹아 물방울 꽃 매달더니
영롱한 터복골 들어 앉히네!

아버지의 나이

쉰여덟 아버지는 양옥집 옥상 도끼다시 십장이 되셨지
장사 놓아 버린 지어미와 밥은 먹어야 하기에
일꾼 구해서 간조까지 주는 십장이 되셨지
힘만 쓰던 잡부의 진급이었지

내가 발령 나서
각종 세금이나 병원 진료비 약값이나 겨우 보내드릴 때
아버지는 어머니에 대한 뒤늦은 책임감의 시멘트 범벅
위에서
십장이 되셨지
교장보다 낫나고 생각하셨지
조금은 떳떳해지셨겠지
내 나이 쉰여덟에 학교를 그만둔 실업자
십장 되기는 틀렸지

그러나 여든세 살까지는 가봐야지

아버지의 나이까지는 살아 봐야지
타고난 명은 책임져야지

콩나물만 있으면

다른 나라에서는 안 먹는다는 콩나물
싹을 틔워 콩에 없는 영양분을 만들어내는
신비한 약초 같은 콩나물
술꾼들의 보루
콩나물 머리라고 하면 맛이 안 나지
머리는 못 먹는 것이고
콩나물 대가리는 먹는 것이지
꼭꼭 씹지 않으면
그대로 배출되는 대가리
나물로 무치면 어떤 술에도 잘 어울리는 콩나물
나는 콩나물만 있으넌 의기양양해지지
무진무진 먹자는 정철의 장진주사를 떠올리지

집으로

나는 아직 집으로 들어가는 복잡한 두 과정의
번호는 잊지 않았다

다만 취중 화해나 용서의 징표로
들고 들어가야 할 아이스크림의 이름을 잊었다
무조건 딸기 들어 있는 것과
새콤한 것
두 가지를 주문하여

손목에 비닐봉지 걸고
필사적으로 온 것이다

두부

간장에 찍거나
묵은지에 싸지 않고
감옥에서 나온 놈이 먹듯
생두부를 그냥 먹는다

두부는 두부만 먹는 것이다
물에 한 번만 헹구어
손으로 툭 잘라
한입에 넣어야
고소함이 입안 가득 차지

자신의 감옥에서 버둥거리며
불기소 처분으로 나온 사람처럼
두부를 먹는다

사위 사랑

소꼬리 전골 시키고 소주 한 병 얹고
문턱에서 지갑 열어 계산하시는 장모
음식이 나오지도 않았는데 계산부터 하시냐고
식당 주인 웃는 얼굴
우리 사위 돈 낼까 봐

괜히 눈두덩이 시큰해서는
두 병째 소주를 땁니다
눈시울 붉어지는 그런 소소함이
세상 전부인 것 같습니다
실패하면 죽고 싶은 사랑보다
몇 곱절은 낫습니다

사랑은 부드러움이 최고입니다
그녀를 위해 신발 바로 놓아 주고
설거지 한 번 더하고

토닥토닥 빨래 개어
양말 빤쓰 난닝구 구별해 서랍장에 넣어 둘 때
그대가 전부인 시간이 흘러갈 때
장모가 사 주시는 밥과 술을 먹을 때
뜨거운 짜릿함보다 오랠 것 같은 시간이 흐릅니다

모든 사과

사과 편지 쓰는 날
사과 한 알씩 나눠주고
편지와 함께 전달하라 했더니
편지를 쓰기만 하고
받지 못하는 녀석이 울상이다

사과는 먹는 것인데
사과만 하고 먹지 못하면
사과한 걸 후회할지도 모른다
각자 맛있게 먹고
진실한 사과 편지를 쓰자

어젯밤에도 아들 졸업 연주회 빙자하여
괴롭힌 내 속에도 사과하자
한입 깨물면 달콤한 과즙과 향긋한 향이
코까지 즐겁게 한다

그 사과도 또 저 사과도
다 좋은 거다

별을 향해 걷는 밤

정갈하게 씻고 옷을 갈아입으며
하루를 마감한다
술 마중을 나간다
돌아오는 길에 북극성을 찾는다
아직은 북극성이 보이는 눈
어딘가 가야 한다
신이 햇불 하나 구름 기둥 하나 내려주지 않아도
가고 또 가는 길에
제게 오라고 눈 깜박이는 지극성
죽어서 죽거든 걸어가 보리라
천국도 없고 지옥도 없는
무한의 세월 뒤에
죽어도 죽지 않은 몸으로
북극성에 가리라

길 아닌 길

수십 년 된 은행나무 잘리는 걸 본다
옥시 살균제로 죽은 아이들 TV로 본다
이보다 더 부도덕한 관음증이 있던가

죽이려는 놈이 있다고 알리지 않고
죽음을 피해 혼자 도망가는 놈은 살인자
나는 절대 부드러운
비겁한 살인자
죄를 결코 인정하지 않고 건너온
삶의 더러운 징검다리
길이 이니면 곧 끝난다고 했는데

네 동강 난 은행나무 몸통
배 갈라 말려서 창칼 들이대고
부도조이不道弔己 새기고 싶었다
끝이 있을 거다
길 아닌 길

오는 소리

연두색 물이 오릅니다
매화는 터지기 직전입니다
바람은 예리하지 않습니다
봄은 기어코 약속을 지켜냅니다

다시 꿈을 품습니다
상추씨도 넣어야겠고
무너진 밭이랑을 세우며
또 한 해 시작입니다

어디서 멈출지 모르지만
이제는 세월의 감각을 몸에 감고
뜻을 알아차릴 때가 되었습니다

소리가 들립니다
두런두런
냉이 달래 머위와 쑥이 오는 소리

참된 회복의 말들

최은숙(시인)

　정진호 선생님의 농막이 있는 터복골에 들렀을 때 그는 커다란 검정 우산을 양산 대신 쓰고 뙤약볕이 내리쬐는 텃밭 저만치 혼자 서 있었다. 어떤 풀은 무릎에 닿고 어떤 풀은 허리만큼 올라왔는데 풀 속에서 걸어 나오는 모습이 흔들리는 망초나 씀바귀와 다를 바 없이 가늘고 소리가 없어 풀보다 힘 있는 존재처럼 보이지 않았다. 영혼이 있는 사람은 풀보다 강할 수 없다. 외롭지 않은 사람은 어떤 면에서 건강하지 않은 거다. 농막 앞에 쌓인 빈 술병들을 보면서 이 집의 주인은 세상을 놓아 버린 게 아닌가, 잠깐 생각하기도 했다. 가족과 사회의 구성원으로서 원활하게 살아가는 데 필요한 관습과 속도를 벗어던지고 자신의 캄캄한 밑바닥에 대자(大字)로 누워 버린 느낌이랄까, 부럽기도 했다. 그건 아무나 할 수 있는 게 아니니까, 그렇지만 정진호 선생님이 술 못지않게 지극정성으로 인간을 좋아한다는 것은 주위 모두가 아는 사실이다. 가족이든 타인이든 남녀와 노소를 구별하지 않고 마치 연인처럼, 마음을 준 사람들을 아끼고 늘 그리워한다. 우리가 농막에 들른 것은 선생님이 손수 만든 유황합제를 얻기 위해서였다. 고춧잎이며 호박잎에 달라붙는 진딧물을 어찌해야 할지 고민하다 같은 학교에 있을 때 EM 효소를 만들어 급식실 설거지며 학교 청소에 사용하게 하던 정진호 선생님이 떠올랐다. 그는 천천히 걸어 다니면서 마실 물도 주고 칡즙도 한 봉지씩, 그리고 이삼 년은 충분히 쓸 거라며 창고에서 유황합제를 한 통 꺼내 주었다. 여러 모습으로 미루어 짐작건대 세상에서 맺은 관계와 자신이 서 있는 땅을 팽개칠 사람이 아니라서 바닥에 다다른 그의 언어가 더욱 부럽다. 그의 바닥은 드디어 아무것도 걸치지 않은 말을 그에게 주기 시작한 것 같다.

시를 읽으면서 누가 이다지도 솔직하게 외로울 수 있을까, 어떤 욕망이 이처럼 단순하고 투명하고 가벼울 수 있을까, 생각했다. 잘 쓰려고 애쓰지 않은 시였다. 쓰려고 쓴 시가 아니라 흘러넘친 시였다.

갈대는 군락을 이루고 산다
참나무 비좁은 틈으로 부는 바람도
서로의 몸을 비비고
몸집보다 백 배 큰 먹이를
각자 제 방향으로 물어 당기는 개미들도
끝내는 한 굴에서 득시글거린다
벌떼는 적어도 몇만 마리가

사는 것처럼 살며
침 끝에 묻혀 온 꿀을
산더미처럼 쌓아 놓고
가족질 한다

인간은 세 뼘 엘리베이터에서
옷깃이 맞닿아도 타인이다

TV를 밥상머리에 모시고
혼자 밥 먹고
혼자 잠들고
혼자 일어나고
혼자 일한다

혼자인 것들의 군락
관계는, 관계는 참 슬픈 거다

—「군락」 전문

    그가 바라는 것은 한마디로 '군락'이다. 우우 몰려다니긴 하지만, 알고 보면 각각 따로국밥인 군중이 아니라 갈대숲과도 같이 '우리'로서 풍요롭게 존재하는 '나'. 너의 뿌리가 나의 줄기가 되고 나의 잎새가 네 꽃의 배경이 되는 식물적 사랑. 벌떼도 개미도 바람도 이루어내는 사랑, 그렇게 '사는 것처럼 사는' 것들을 향한 부러움이 '가족질'이란 질투 어린 말을 만들어 냈다. 시집 『뚱딴지 사랑』의 배경이 되는 터복골에 외따로 서서 그는 혼자인 사람들의 무리를 슬프게 바라본다. 사람과 사람의 사이는 너무 멀고 생명에 대해 폭력적이다. 슬픈 사람이 할 수 있는 일은 개구리 소리에 귀를 기울이거나 혼자 핀 들꽃에 눈을 맞추거나 포크레인이 뭉개버린 동물들의 거처를 오래도록 바라보는 것뿐이다.

> 검붉은 장미는 두렵도록
> 꽃 같네
> 구석만 골라 제멋대로 피는
> 씀바귀는 씀바귀꽃이 아니고
> 그냥 씀바귀네 (중략)
>
> 꽃도 꽃이 아닌 세상에서
> 씀바귀가 하늘하늘
>
> 옷도 아닌 옷을 입고
> 그렇지만 꽃인 꽃을 보며 사네
> 마음 흔들리며 사네
>
> — 「씀바귀꽃」 부분

이 시는 정진호 시인을 포함해 어딘가에 있을 어떤 사람들의 자화상이다. 꽃병에 한 번 꽂혀 보지 못했을 씀바귀꽃이 작물보다 풀이 많은 시인의 밭에서 피어나 꽃으로 살아간다. 시인도 공립학교의 과학 교사였지만, 교사의 전형은 아니었다. 해가 바뀌고 또 바뀌어도 변함이 없는 학교의 차임벨이 그가 전근해 오면서 방송실을 담당하자 바뀌었다. "할렐루야~ 할렐루야, 할렐루야" 수업을 마치는 벨 소리가 풍자처럼, 해학처럼 학교에 울려 퍼졌을 때 교실과 교무실에서 웃음이 터져 나왔다. 무심하게 박제된 일상성을 무심하게 깨는 존재가 네모반듯한 학교 안에서 얼마나 이질적으로 느껴지던지. 생활 한복을 자주 입는 선생님이 양복을 입고 출근하자 중학생 예슬이가 "오늘은 옷을 입고 오셨네요."라고 했다지만(「씀바귀꽃」), 분업화된 제 몫의 역할을 컨베이어 벨트 위에 올려놓아야 하는 조직 사회에서 술 한잔 마시고 책 읽고, 기타를 퉁기다가 꽃을 들여다보는 영혼을 가진 이는 어떤 옷을 입어도 남의 옷 같을 것이다. "보건실 문을 잠가 놓으라고/잔소리하는 교감도 싫었다/아프다고 수업 빠지는 놈/보호자로 따라오는 서너 놈/사랑방 되는 보건실이 숨통인데(「열어 놓고 살고 싶다」)" 보건실은 숨통인가, 위험한 아지트인가? 학생들을 확실하게 장악하는 교사의 지도는 결과가 가시적이고 분명하다. 아이들이 숨을 쉬어야 한다고 생각하는 교사가 맞닥뜨리는 현실은 더욱 심한 일탈일 수도 있다. 오랜 실패와 무능을 감당해야 한다. 교사의 진짜 마음은 학생들에게 아주 천천히 걸어가기 때문이다.

꽃이라는 존재감을 강렬하게 내뿜는 검붉은 장미를 시인은 "두렵도록 꽃 같다"라고 표현했다. 정진호 선생님은 언제나 누구 앞에서나 상대를 제압하지 않았다. 신이 나서 말할 때도 좋아하는 멋진 사람들을 화제로 삼았다. 이야기의 주인공이 되지 않았고 앞에 앉아 있는 이들에게 당사자보다 더 열정적으로 몰입했다. 당신은 그때 이러저러한 말을 했고 이러저러한 행동을 했는데 참말로 멋져부렀다고.

오랜만에 만난 그는 두렵도록 자기 자신인, 두렵도록 사회적인 존재들의 세상으로부터 자리를 빼내 충남 금산군 진산면 엄정리 터복골이라는 외딴 골짜기에서 '(그)옷이 아닌 (자기의) 옷을 입고, '꽃도 아닌 꽃'들과 흔들리고 있었다. 터복골의 시편들에 등장하는 건 대부분 사람이 아니다. "전화를 하면 모두 약속 있다 바쁘다"하기 때문이다. 깊은 가을 속에 "찬바람에 콧등 빨개진/ 단풍과 나"(「단풍과 나」)만 있다. 내년 가을을 기약하는 건 사람뿐이다. 내일이란 어쩌면 오지 않을 수도 있는 시간이란 것을 우리는 알면서 모른다.

솥이 적다고 우는 걸까요
솥을 걸었다고 우는 걸까요
언제 그렇게 할 일을 다 한 걸까요?
쑥부쟁이처럼 마른 땅을 기어서
둥지를 틀고 싶습니다
새들의 둥지는

아름다워서 질투가 납니다
누가 보금자리를 이렇게 예쁘게 만들 수 있을까요?
－「기특한 소쩍새」 전문

　정진호 선생님의 시에서는 자연물에 인성을 부여하거나 사람의 마음을 투사하는 상관물로 삼는 대신 오히려 사람이 자연물로부터 물성을 부여받는다. 소쩍새는 시의 화자보다 능력 면에서 앞선다. 삶의 터전이 아름답고 튼튼하다. 언제 그렇게 할 일을 다 했을까? 상수리도 그렇다. "수백 년/동그란 다람쥐 밥을/수천 개 눈처럼 내려"준다. 그만큼 단순하고 진득하기 어려운 인간이 "생각이 늘 같"은 상수리나무를 우러러본다. "나무의 발이/내 발보다/너무 폼 나"(「나무의 발」), 이것은 정진호 시인만이 쓸 수 있는 문장이다. 애니미즘도, 비유와 상징도 아니라서 그렇다. 정진호 시인은 자의 반 타의 반으로 사람들과 잠시 멀어진 대신 짐승과 벌레와 풀과 동등해졌다. 시의 대상과 똑같은 존재, 시의 풍경과 똑같은 풍경이 되어 있는 시인을 나는 처음 본다.

새들만 오디 똥을 싸는 줄 알았지
밥 먹고 텃밭 가꾸다 쉴 참이면
오디나무 아래서 엄지손가락만 한 오디를 따먹지
투툭툭 떨어져도 아까워하지도 않고
여전히 가지가 안 보이도록

매달린 오디를 따먹다 따먹다

배불러서 돌아서면

입술이랑 이가 오디 색이 되어 웃지

오디 천지인 이 마을에서

나도 매일 오디 똥을 싼다

- 「오디 똥」 부분

터복골은 그런 곳이라서 "방 두 칸 오두막집 / 손바닥 텃밭 / 감 석류 앵두 살구 대추 자두 복숭아(중략) / 상추 몇 잎 / 가지 몇 개 / 풋고추 네댓 개 / 오이 한 개 / 여름 나고요 // 된장 청국장 멸치만 넣고 / 쌀밥 한 그릇 / 겨울나고요 // 나들이옷 한 벌 / 일할 때 입을 옷 한 벌 / 장화 한 켤레 / 운동화 한 켤레 / 구두 한 켤레 / 욕심이 너무 많네요 / 그래도 빤쓰 난닝구는 두 벌 / 참! 양말도 몇 켤레" 그렇게 소탈한 살림조차 "숨도 못 쉬겠네 그 꿈" (「참!」) 하고 털어 버리게 하는 곳이다. "그다지 차별을 하지 않고 살아왔으며 다만 좋은 것은 좋다고 얘기하고, 싫은 것은 싫다고 말하며 살고 싶다는 생각은 많이 했지만, 그 말조차도 실은 별로 하지 못했다"는 시인에게 새와 벌레와 바람과 구름이 이른다. '말'을 하지 말라고, 하나 안 하나 다를 것 없다고, 제 길이나 걸어가면 그런대로 괜찮은 사람이 된다고. (「나는 나대로 산다」)

바닥을 짚은 시인은 이제 몸을 일으키는 중이다. 대나무를

깎아 고추 지지대도 세우고 달걀도 거두어 모으고 고단한 잠을 잔다고 한다. 가족은 물론 그의 진정眞情을 아는 벗들이 술을 끊고 몸을 추스르는 그에게 응원을 보내고 있다. 시인의 대답이 뭉클하다. "여름 지나면서 똥에 섞여 / 모래밭 으슥한 곳에 떨어져도 / 찬바람 불기 전 열심히 싹 틔우고 꽃 피워 / 조막만 한 개똥수박 개똥참외 매다는 거 / 그게 사는 거지 /살아야지, 그렇게 // 핑계 대지 말고 / 시간 탓하지 말고 / 손톱 같은 꽃도 피우고 /여물다 만 씨앗이라도 남겨야 /눈바람 부는 겨울 /따스한 봄꿈 꿀 수 있지"(「살아야지」) 약한 생명의 가느다란 숨소리를 듣고 여린 숨의 꽃과 열매를 주목하는 것은 정진호 선생님의 시가 가장 섬세하게 잘할 수 있는 일이다. 그의 시는 봄에서 여름으로, 가을을 지나 겨울로, 다시 봄으로, 한 걸음씩 디뎌 가는 순환 속에서 건강해졌고 깊어졌다.

뚱딴지를 심으세요
꽃 시들고 잎 마르고 나면
뚱딴지를 캐보세요
엉뚱하게 생긴 놈들이
떼거리로 히죽 웃으며 튀어나와요

두둑 옆 고랑도 파보세요
도망가다 들킨 것처럼 멋쩍게 웃는 놈들
오골오골 나와요

이른 봄 그 자리 갈아엎으면
한 자 두께 땅속 박혀있다가
눈부신 듯 찡그린 웃음 머금은 놈들
하얗게 나와요
구름 위에 숨어 있던 씨앗
빗줄기 따라 아무도 모르게 내려와 싹을 틔워요
한 번 심으면 죽을 때까지 웃으며 달려들어요

당신은 뚱딴지 캐다가
사랑이 뭔지 미움이 뭔지도 모르고 죽을 거예요
엉뚱해서 뚱딴지
돼지나 먹으라고 돼지감자
돼지만 아는 뚱딴지 사랑
사랑이 사랑인 줄 알면 지겹다는 당신과
나는 절대 모르는 뚱딴지 사랑

　　　　　　　　　　　　　　　- 「뚱딴지 사랑」 전문

　뚱딴지는 심은 만큼 거둔다는 계산법에서 멀리 비켜나 있
다. 심지 않은 곳에서도 나오고, 미처 거두지 못한 것이 다음
해 올라오기도 한다. 삐지지도 않고 웃는 얼굴로. 어둠 속에서
경계 밖에서 깊어지며 자생하는 사랑, 타인의 사랑을 거름으
로 하지 않는, 존재 자체가 사랑인 사랑, 죽을 때까지 사랑일

115

수밖에 없는 사랑. 사랑이란 오래된 오해일지도 모른다. 뚱딴지처럼 뜻밖의 얼굴을 한 사랑을 만난 시인은 복이 많다.

> 작두콩만 한 풍뎅이가 죽었습니다
> 개미들에겐 너무 거대해서
> 아예 그 밑에다가 집을 짓습니다
> 겨우내 실컷 뜯어먹을 넉넉한 먹이가 되겠지요
> 풍뎅이는 불개미 집의 지붕이 되고 먹이가 되고
> 수백 마리 불개미로 다시 태어납니다
> 나는 누구의 지붕이 될까요
> 어느 생명의 생명이 될까요
>
> - 「불개미 집」 전문

풍뎅이로 지은 집이라니. 포식자의 위치에서 벗어나 생명의 연결고리 안에서 생명의 몫을 다하고자 하는 마음이 회복이다. 어느 고마운 계기에 의해 한없이 약해지고 낮아지고 허물어진 뒤 시인이 얻은 자연, 무한한 생명성에 박수를 보낸다.